Analyse de l'œuvre

Par Nadège Castel Fillion

La République

Platon

lePetitLittéraire.fr

Analyse de l'œuvre

Par Nadège Castel Fillion

La République

Platon

Rendez-vous sur lepetitlitteraire.fr et découvrez :

Plus de 1200 analyses
Claires et synthétiques
Téléchargeables en 30 secondes
À imprimer chez soi

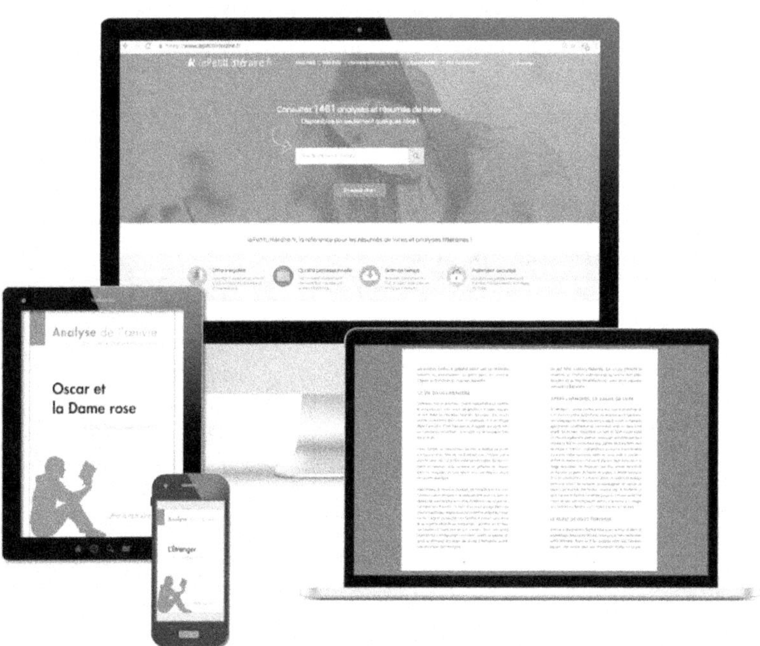

LA RÉPUBLIQUE

UN DIALOGUE PHILOSOPHIQUE SUR LE THÈME DE LA JUSTICE

- **Genre :** dialogue philosophique
- **Édition de référence :** *La République*, traduction et présentation de Georges Leroux, Paris, Garnier Flammarion, 2016
- **1re édition :** vers 315 av. J.-C. (composée entre 385 et 370 av. J.-C.)
- **Thématiques :** la justice, le juste et l'injuste, le bien, l'intelligible, le visible, le bonheur, le philosophe, la cité, la politique, la constitution.

Œuvre majeure parmi les écrits de Platon, *La République* – dont l'étymologie grecque « *Politeìa* » signifie « État », « Constitution » – est considérée depuis l'Antiquité comme le premier essai de philosophie politique et la première utopie de la littérature.

En dix livres, le philosophe expose sa vision de la cité idéale afin de comprendre ce que sont la justice et l'homme juste. Platon y met en scène Socrate et quelques comparses : ceux-ci se livrent à l'exercice du dialogue philosophique dans lequel l'auteur/narrateur Platon/Socrate emploie la méthode de la dialectique pour faire comprendre ce qui est vrai à ses interlocuteurs.

Examinant les différentes constitutions politiques, *La République* critique et dénonce en particulier la démocratie et la tyrannie, régimes se succédant à Athènes dans la violence depuis plusieurs décennies quand Platon rédige son dialogue.

Dans cet écrit, l'auteur met en lumière sa théorie d'un monde intelligible supérieur au monde sensible à travers la fameuse Allégorie de la caverne. L'âme a besoin d'être éduquée afin de se tourner vers le vrai, le beau et le juste, laissant derrière elle le monde matériel pour se consacrer à l'essence des choses. La tâche du philosophe, homme juste par excellence, est d'atteindre le bien, et de guider les autres vers la révélation du monde intelligible.

PLATON

PHILOSOPHE GREC DE L'ANTIQUITÉ

- **Né en 428-427 av. J.-C., à Athènes**
- **Décédé en 348-347 av. J.-C., à Athènes**
- **Quelques-unes de ses œuvres :**
  - *Le Banquet* (environ 380 av. J.-C.), dialogue philosophique
  - *Phèdre* (environ 385-370 av. J.-C.), dialogue philosophique
  - *Protagoras* (environ 399-390 av. J.-C.), dialogue philosophique

Considéré comme le premier philosophe, Platon a étudié les grandes questions métaphysiques, politiques, artistiques au gré de ses nombreux écrits : des dialogues philosophiques mettant en scène son ami et maitre Socrate.

Né dans une famille aristocratique à Athènes, au Ve siècle av. J.-C., Platon a reçu une éducation de qualité. Sa position sociale l'a conduit naturellement vers la politique, mais il s'en est éloigné à cause de la tyrannie qu'exercèrent les Trente dans sa cité (la Tyrannie des Trente était un gouvernement de terreur mené par trente magistrats, qui ne dura qu'un an, en 404 av. J.-C.).

À vingt ans, il a rencontré Socrate qui est devenu son mentor pendant une décennie, et a découvert avec lui la spéculation philosophique. Il a écrit de nombreux dialogues dans lesquels il l'a mis en scène, interrogeant ses interlocuteurs et répondant à leurs arguments de manière rationnelle, afin de les amener sur le chemin de la vérité. La condamnation à mort de Socrate a bouleversé Platon qui lui a rendu hommage dans *Le Phédon* (385-370 av. J.-C.).

Le philosophe n'en a pas pour autant oublié la portée pragmatique de sa discipline. Il a en vain tenté d'établir des gouvernements justes en Sicile afin de remplacer des tyrannies, mais toutes ses tentatives se sont soldées par des échecs.

En parallèle, il a fondé l'Académie où une éducation philosophique était dispensée, organisée autour des mathématiques. Cette école dans laquelle de grands noms de la pensée grecque vinrent étudier, comme Aristote, a perduré jusqu'au VIe siècle apr. J.-C..

RÉSUMÉ

L'INTRODUCTION AU PROPOS DE LA RÉPUBLIQUE : COMMENT DÉFINIR LA JUSTICE ? (LIVRE I-II)

Alors qu'ils rentrent à Athènes, Socrate et Glaucon sont invités par Polémarque chez son père Céphale. Entourés de plusieurs amis, ils discutent de la vieillesse. Céphale a eu une vie juste et bonne, car elle lui a évité de commettre des vices : aussi est-il serein face à la mort et à l'Hadès (les Enfers grecs).

Socrate débat alors avec ses interlocuteurs sur la nature de la justice – est-elle vice et ignorance ou vertu et sagesse ? – et sur le fait de savoir laquelle de la justice ou de l'injustice apporte plus d'avantages que l'autre.

Il démontre que tout art a un objet. L'objet des gouvernants est le bienêtre des gouvernés. La justice est donc plus profitable : l'homme juste est bon et sage alors que l'homme injuste est méchant et ignorant.

Socrate veut désormais définir la justice par analogie en comparant la justice en l'homme à la justice dans la cité. Il commence par expliquer l'origine de la création de la cité et du contrat social : les hommes se lient en vue d'assurer leur subsistance et leur bienêtre matériel. Chacun trouve sa place en fonction de ses capacités naturelles. La cité se développe et le luxe apparait. Ses besoins grandissent et elle doit faire la guerre. Il devient donc nécessaire de créer une armée qui sera composée de gardiens scrupuleusement choisis.

DES GARDIENS POUR PROTÉGER LA CITÉ JUSTE (LIVRES II-IV)

Les gardiens doivent être sélectionnés au fur et à mesure selon leurs aptitudes physiques et intellectuelles. Ils doivent avoir un bon naturel, du courage et de la tempérance. Ils doivent être bons envers leurs semblables, mais féroces avec leurs ennemis. Enfin, ils doivent être en quête de savoir, c'est-à-dire philosophes.

Outre ces dons naturels, ils doivent recevoir une éducation de qualité, composée de gymnastique et de poésie. Or, la poésie est discours et le discours peut être faux. Il faut donc que les gouvernants contrôlent « les fabricateurs d'histoires » (p. 151) afin que les enfants, futurs gardiens, ne soient pas souillés avec des opinions fausses sur les dieux, les héros, l'Hadès, etc. L'imitation ne doit avoir qu'une place minime dans la création poétique avec pour buts la vertu et l'utilité.

La médecine a une place importante dans la cité, car l'âme et le corps sont liés. L'âme bonne peut soigner le corps : elle ne doit donc pas être corrompue.

Pour en finir avec l'éducation des gardiens auxiliaires, Socrate soutient que tous leurs biens doivent être mis en commun dans le but d'éloigner de leurs cœurs le désir et de leur permettre de se consacrer pleinement non pas à l'entretien de leur patrimoine, mais à la cité.

LES RÈGLES ET LES VERTUS DE LA CITÉ QUI PERMETTENT LA JUSTICE (LIVRE IV)

Quatre vertus sont présentes dans la cité juste : la sagesse, le courage, la modération et la justice, la dernière étant possible grâce aux trois premières. La sagesse s'appuie sur la raison de ceux qui commandent à la cité. Le courage appartient au corps des guerriers. La modération est une forme d'ordre harmonieux, car elle est « la maitrise de certains plaisirs et désirs » (p. 233). Elle est présente en chacun des citoyens de cette cité. La justice est la réunion de ces trois qualités. Elle est le moyen par lequel ces vertus peuvent s'accomplir et se maintenir.

Se pose alors la question de la justice en l'homme. Selon Socrate, l'âme se divise alors en deux parties : l'une étant le principe rationnel, l'autre étant le principe désirant. Un principe intermédiaire vient cependant s'ajouter : celui de l'ardeur morale dont la fonction est d'être l'auxiliaire du principe rationnel. L'homme juste sera celui au sein duquel le principe rationnel commande, l'ardeur morale se soumettant à celui-ci afin de tempérer le principe désirant. C'est ainsi que le courage, la sagesse et la modération, et donc la justice, peuvent se manifester.

LES MEMBRES DE LA CITÉ JUSTE ET LE PHILOSOPHE-ROI (LIVRES V-VI)

Dans cette constitution idéale, les femmes comme les enfants seront mis en commun. Les parents ne doivent pas savoir qui sont leurs enfants et les enfants ne doivent pas savoir qui sont leurs parents.

Les femmes doivent être éduquées au même titre que les hommes, car elles participent à la cité. Parmi les femmes, certaines, par leurs qualités naturelles, se distinguent et sont amenées à recevoir la même éducation que les gardiens.

Les enfants devront recevoir une éducation guerrière, ils assisteront même à la guerre afin de mieux se préparer aux combats. Seuls les enfants les plus forts seront élevés, Socrate préconise de laisser les autres mourir.

Pour exister concrètement, la cité idéale doit mettre à sa tête le philosophe-roi : ce dernier est le modèle de l'homme juste, car il aime la sagesse, il est donc naturel qu'il règne. Les philosophes véritables sont ceux qui aiment « le spectacle de la vérité » (p. 304). Socrate distingue alors science et opinion. Il étudie également la question du beau : celui qui aime le beau sans aimer le beau en soi (l'idée du « beau ») est dans le rêve et l'opinion tandis que celui qui aime le beau et le beau en soi est dans la veille et la connaissance.

LES PHILOSOPHES ET LE « BIEN » (LIVRES VI-VII)

Le bien éclaire ce qui relève de l'intelligible comme le soleil éclaire ce qui relève du sensible.

Socrate propose de se représenter une ligne verticale coupée en deux : le segment du bas représente le monde visible composé d'images (ombres, reflets), des choses matérielles (êtres vivants, choses, etc.). Il se rapporte à l'illusion, à la croyance et à la représentation, et donc à l'opinion. Le segment du haut représente le monde intelligible, composé de formes intermédiaires (essences mathématiques, hypothèses, etc.) et des formes intelligibles. Il se rapporte à la pensée discursive et à l'intellection pure, c'est-à-dire à la science.

La dialectique, cette « science du dialogue », permet d'atteindre la connaissance de l'être et de l'intelligible. Ce principe premier, au sommet de la ligne, est appelé « anhypothétique », car il est connaissance pure et ne souffre pas de doute.

Socrate poursuit avec l'Allégorie de la caverne : des hommes se trouvent dans une caverne souterraine. Celle-ci a une entrée disposée en longueur qui la traverse de bas en haut vers la lumière. Les hommes qui s'y trouvent sont ligotés depuis l'enfance, et de telle sorte qu'ils ne peuvent tourner la tête. Ils ne peuvent regarder que ce qui se trouve devant eux. Loin derrière eux, en hauteur, un feu brule. Entre ce feu et les hommes ligotés se trouve un muret, comme la cloison d'un théâtre de marionnettes. Derrière cette cloison, des hommes brandissent toutes sortes d'objets, comme des marionnettistes. Ces objets, placés devant le feu, projettent leurs ombres sur le mur que sont contraints de regarder les hommes ligotés. Ceux-ci pensent que ces ombres sont la réalité. Si l'un d'eux venait à être libéré, ébloui par le feu, il ne pourrait accepter que ce qu'il voyait n'était pas la réalité. Amené à l'extérieur de la caverne, il s'habituerait cependant à la lumière du soleil et admettrait qu'il n'a jamais connu que les reflets des choses.

Le philosophe est celui qui s'arrache de la caverne, du monde sensible, pour aller vers la lumière, le monde intelligible. L'art de « se retourner » est le travail du philosophe. Il doit aider les autres à gravir la caverne et à atteindre le monde intelligible.

Afin que le philosophe réussisse son ascension, il doit recevoir une éducation complète au terme de laquelle il peut régner sur la cité et former ses successeurs. L'aristocratie est donc la constitution juste.

LES CONSTITUTIONS POLITIQUES QUI CRÉENT DES CITÉS INJUSTES (LIVRES VIII-X)

- La timocratie nait de la discorde, l'ardeur virile domine et seuls les hommes en quête des honneurs et des victoires la gouvernent ;

- L'oligarchie nait de la cupidité, l'argent y domine et des hommes en quête de richesse sont à sa tête ;

- La démocratie apparait avec la révolte des pauvres contre les riches, la liberté y domine et les hommes égalitaires se complaisent dans la démesure ;

- La tyrannie nait dans l'excès de liberté des gouvernés qui ne respectent plus l'ordre, l'homme tyrannique se présente comme le protecteur du peuple contre les op-presseurs. Le tyran est cependant asservi à ses défauts moraux, il vit dans la crainte. Incarnation de l'homme injuste, il est réduit à l'état de servitude, car il subit ses vices.

L'homme juste est supérieur à l'homme injuste : plus sage et plus heureux parce qu'il est meilleur à l'intérieur.

L'IMMORTALITÉ DE L'ÂME (LIVRE X)

Puisque l'âme est immortelle, elle doit être bonne. Socrate relate le mythe d'Er le Pamphylien : après la mort, les âmes sont uniquement jugées en fonction des actions justes des hommes. Elles sont châtiées ou récompensées, puis elles sont réincarnées : il est donc important que l'homme soit philosophe afin que, dans le cycle de la métempsychose, l'âme choisisse « l'existence bénéfique » et non la « misérable » (p. 518) afin d'atteindre le bonheur suprême.

ÉTUDE DES PERSONNAGES

SOCRATE

Personnage historique athénien (470-399 av. J.-C.), philosophe « le plus sage de la cité » selon l'Oracle de Delphes, mentor de l'auteur, Socrate est le meneur des échanges dans les dialogues de Platon. En effet, le philosophe « l'utilise » dans la plupart de ses œuvres. Socrate n'ayant rien écrit de son vivant, seuls ses propos rapportés par ses disciples – comme Platon – nous sont parvenus. Il est cependant difficile de discerner ce que Socrate a réellement pu penser ou dire. On estime que les premiers dialogues de Platon, dits « socratiques » car ils furent écrits du vivant de Socrate, seraient le reflet de sa pensée philosophique profonde (*La République* est écrite quinze à vingt ans après sa mort).

Avec une pensée axée essentiellement sur la morale, Socrate affirmait qu'il ne savait rien : son but était d'interroger ses concitoyens sur ce qu'ils savaient ou pensaient savoir. Au gré de la conversation, il mettait en évidence leurs contradictions et brisait leurs convictions erronées. Dans *La République*, il est le narrateur. Le philosophe exerce son art auprès de ses différents interlocuteurs. Il les écoute, contrargumente et les invite à déduire de leur cheminement rationnel la sagesse : il emploie la méthode de la dialectique.

Cette invitation à la réflexion et à la remise en question des opinions établies par Socrate pourrait être à l'origine de sa mise en accusation qui lui valut d'être condamné à mort par la démocratie athénienne, en buvant la cigüe.

CÉPHALE ET POLÉMARQUE

Céphale est un vieil homme qui reçoit Socrate et Glaucon dans sa maison alors que ceux-ci rentrent du Pirée vers Athènes, au début de *La République*. C'est chez lui que le dialogue philosophique va prendre place et se dérouler tout au long des dix livres. Comme Socrate, Céphale est un personnage historique : marchand métèque, il est le père de Polémarque qui participe lui aussi au dialogue, d'Euthydème et de Lysias, qui demeurent des spectateurs muets de la discussion.

La République se veut une réflexion sur la justice et la constitution idéale ainsi qu'une critique des autres constitutions, dont la tyrannie : que le dialogue prenne place chez Céphale n'est donc pas anodin puisque Le Pirée a été un foyer de révolte contre la Tyrannie des Trente.

Polémarque est celui qui invite Socrate et Glaucon chez son père : des trois fils de Céphale présents, il est le seul à prendre part au dialogue. Philosophe, il défend les positions traditionnelles de la pensée face à Socrate dans le premier livre de *La République*. Polémarque fut condamné à mort sans procès par la Tyrannie des Trente.

THRASYMAQUE

Thrasymaque de Chalcédoine était un professeur de rhétorique très connu à Athènes. Dans *Phèdre*, l'auteur le compare à « un titan de la rhétorique ».

Platon en fait pourtant, dans *La République,* un sophiste assez odieux qui ne cesse de prendre à parti Socrate dans le livre I, allant jusqu'à l'insulter en le traitant de « fourbe » et de « sycophante » (p. 95), c'est-à-dire un rhéteur qui faisait des dénonciations pour mettre en valeur ses qualités rhétoriques et ainsi empocher une partie des amendes demandées si la personne accusée était reconnue coupable. Cette manœuvre était répandue dans la démocratie athénienne du Ve siècle.

Il veut faire payer le philosophe pour qu'il entende son avis (p. 90) : Socrate, n'ayant pas d'argent, refuse, mais Glaucon propose que tous se cotisent pour lui. Les sophistes dispensaient en effet leur enseignement moyennant rétribution, alors que Socrate refusait l'argent et vivait dans un certain dénuement.

Platon lui fait tenir des propos fallacieux contre Socrate et, au fur et à mesure des réponses du philosophe, Thrasymaque est obligé d'acquiescer et de reconnaitre la justesse des raisonnements de celui-ci. Malicieusement, Socrate commente le fait que Thrasymaque a du mal à se départir de sa mauvaise foi (p. 111) et n'hésite pas à le lui faire remarquer directement : « tu es devenu gentil et tu as cessé de faire le difficile » (p. 118).

GLAUCON ET ADIMANTE

Fils d'Ariston, ils sont les frères de Platon et les disciples de Socrate. Réfléchis et désireux de savoir, ils sont les interlocuteurs privilégiés de ce dernier dans les livres II à X.

Ils sont successivement mis en valeur dans le dialogue dans une forme d'équilibre tout au long de *La République*.

Adimante (432-382 av. J.-C.) était un philosophe, mais l'on sait peu de choses sur lui. Il est aussi présent dans *L'Apologie de Socrate* (390-395 av. J.-C.). Dans *La République*, il se montre critique à l'égard des propos de Socrate, mais la discussion l'intéresse au plus haut point, notamment sur les questions de l'éducation et du bonheur. Il participe comme son frère à la progression du dialogue.

Glaucon (445- ? av. J.-C.) se montre plus facilement emporté que son frère, mais son caractère s'adoucit au gré de l'évolution du dialogue. Philosophe comme ses frères, ses écrits ne nous sont pas parvenus. Il est également présent dans *Le Parménide* (370-346 av. J.-C.) de Platon.

Socrate (et de ce fait, l'auteur !) fait l'éloge de leur lignée en louant le père de ses deux disciples, Ariston, c'est-à-dire le père de Platon (« Ô fils de cet homme fameux » [p. 135]). Cela s'explique par le fait que les deux jeunes gens incarnent la réussite de l'enseignement dispensé par Socrate et du cheminement intellectuel qu'il défend.

NICÉRATOS, CHARMANTIDE, CLITOPHON, LYSIAS ET EUTHYDÈME

N'intervenant (presque) pas dans le dialogue, ces derniers sont des frères ou des amis des personnages principaux, mais leur présence dans ce débat sur le thème de la justice, autour de Socrate, a une portée symbolique :

- Nicératos est le fils de Nicias, homme politique athénien d'une grande importance puisqu'il est le négociateur de la paix avec Sparte (« la paix de Nicias » en 421 av. J.-C.). Celui-ci souhaitait que son fils soit le disciple de Socrate. Comme Polémarque, Nicératos est mis à mort par la Tyrannie des Trente ;

- Charmantide de Paeanée était un disciple d'Isocrate, grand professeur de rhétorique (436-338 av. J.-C.) qui a suivi les enseignements de Socrate. Aristote, philosophe grec (384-322 av. J.-C.), fut son élève avant d'être celui de Platon ;

- Lysias et Euthydème sont les frères de Polémarque et les fils de Céphale. Si Euthydème ne se distingua pas de son vivant, Lysias eut une brillante carrière d'orateur et de maitre de rhétorique. Ruiné, mais ayant échappé à sa condamnation à mort par la Tyrannie des Trente – contrairement à son frère Polémarque –, il quitta Athènes et écrivit un plaidoyer devenu fameux (*Contre Ératosthène*, 403 av. J.-C.) pour venger son frère ;

- Clitophon est un homme politique athénien très important et un ancien disciple de Socrate. Il s'opposa souvent aux idées de Socrate et Platon l'associe à Thrasymaque dans le premier livre de *La République*.

CLÉS DE LECTURE

LE DIALOGUE PLATONICIEN : SOCRATE ET LA DIALECTIQUE

Platon emploie la forme littéraire du dialogue dans presque tous ses écrits : son œuvre porte le titre général de *Dialogues* et la plupart d'entre eux se nomment en fonction de l'interlocuteur principal de Socrate, comme *Protagoras*.

S'il affectionne particulièrement ce procédé, c'est parce qu'il considère que la recherche de la vérité est une démarche qui doit être partagée et rationnelle. C'est le moyen par lequel une communauté peut entretenir des rapports fondés sur la raison et non sur la violence (bien que certains puissent s'exprimer avec véhémence, comme le sophiste Thrasymaque).

Dans cette quête de la vérité, la dialectique apparait, aux yeux des philosophes grecs de l'Antiquité, comme la méthode rhétorique privilégiée de la réflexion philosophique. En effet, la dialectique est l'art raisonné d'interroger et de répondre afin de parvenir au vrai. Il s'agit d'une méthode d'argumentation et de contrargumentation grâce à des questions et des réponses, qui permet de distinguer le vrai du faux. Débarrassé des opinions, le discours peut atteindre la vérité.

Dans les dialogues platoniciens, Socrate discute avec les membres de son assemblée, les questionne et, par ses objections, met en évidence leurs contradictions. Il utilise des allégories (l'Allégorie de la caverne), des analogies (la cité pour définir l'homme), des mythes (Er le Pamphylien, le berger de Gygès, etc.) et même l'ironie dans le but de réfuter ses interlocuteurs et de les amener, par leur propre cheminement intellectuel, vers la raison. Ceux-ci en viennent à tirer leurs propres conclusions, à retrouver une pensée véritable par eux-mêmes. Cette vérité leur apparait par déductions et non par un enseignement arbitraire.

Platon parle de « maïeutique », c'est-à-dire de « l'art de faire accoucher ». Ce terme lui vient de la mère de Socrate qui était sagefemme et qui accouchait les corps. Le philosophe dialecticien est celui qui fait accoucher les esprits de la vérité. Aussi, de technique, la dialectique passe-t-elle au statut de science.

En tant que telle, elle permet à l'esprit de réaliser son ascension (comme dans la caverne) depuis le monde sensible vers le monde intelligible, depuis les images et les choses matérielles vers les concepts rationnels jusqu'aux idées, c'est-à-dire vers les formes intelligibles. Grâce à elle, le philosophe peut atteindre le principe absolu : le bien.

La science dialectique s'oppose alors à l'opinion et au dialogue sophiste. L'opinion se présente aux yeux du dialecticien comme un jugement sans fondement rigoureux, mais qui se donne l'apparence du savoir. Platon critique le sophisme dont le but, à son époque et à Athènes, n'était que de propager et de défendre l'opinion, c'est-à-dire un raisonnement incorrect, sans égard pour le juste et la vérité.

Les sophistes, incarnés par Thrasymaque dans *La République*, étaient des professeurs de rhétorique ou d'art oratoire, qui dispensaient un enseignement traditionnel et conventionnel moyennant rétribution. Ils apprenaient aux jeunes gens, de futurs hommes politiques, à argumenter rationnellement dans les affaires publiques. Dans la démocratie athénienne d'alors, le pouvoir était donné à qui convainquait le mieux les citoyens. Platon, pour les avoir souvent mis en scène dans ses dialogues (*Protagoras*, *Critias*, etc.), les critique d'une façon virulente à travers Socrate.

Selon le philosophe, la dialectique est ainsi le chemin suprême vers le bien, à tel point que la pensée est comme « un dialogue de l'âme avec elle-même » (*Le Sophiste*, 370-346 av. J.-C.).

LA CITÉ IDÉALE ET LE PHILOSOPHE ROI : LE GENRE LITTÉRAIRE DE L'UTOPIE

Œuvre de la maturité, *La République* s'attache à présenter la pensée politique et sociale de Platon, sous la forme de l'utopie.

L'utopie est un genre littéraire déjà présent dans l'Antiquité dès *L'Odyssée* d'Homère, mais il n'est devenu populaire qu'à la Renaissance, quand la découverte de nouveaux mondes a stimulé l'imagination et la réflexion des auteurs occidentaux.

L'humaniste anglais Thomas More crée le mot pour en faire le titre de son livre le plus célèbre, *L'Utopie* (1526), dans lequel il présente une république idéale située sur une ile fictive. L'étymologie du mot est grecque : *topos* signifie « lieu » ; quant au préfixe, il signifierait soit « non », c'est-à-dire « le lieu qui n'existe pas », soit « bien », c'est-à-dire « le lieu où tout est bien ».

L'utopie est donc l'idée d'un lieu idéal où le bien règne, mais qui n'existe pas. Elle aurait de ce fait un double but :

- elle présenterait non seulement une nouvelle organisation sociale, politique et économique, c'est-à-dire une forme de progrès que l'auteur souhaiterait voir se matérialiser dans la réalité (tel Fourier et ses cités phalanstères dans le cadre du socialisme utopiste du XIXe siècle) ;

- elle serait aussi une critique régulatrice, voire subversive, de la société existante, sans être un projet concret et sérieux, comme l'Eldorado de Voltaire dans *Candide*.

Platon affectionne le genre de l'utopie puisqu'il l'emploie dans *La République*, mais aussi dans *Timée* et *Critias* à travers le célèbre mythe de l'Atlantide. Son idée est de dénoncer les sociétés qui lui sont contemporaines et de proposer la forme étatique parfaite qui viendrait remplacer celles qui sont injustes et qui conduisent les hommes vers le vice et le malheur.

La constitution politique qu'il propose pour sa cité idéale organise le pouvoir autour de gardiens dont l'éducation et le naturel font d'eux des êtres à part, parmi lesquels seuls les meilleurs sont capables de régner : des philosophes-rois. Selon Platon, le philosophe représente l'excellence, car il est le seul, par son raisonnement, à pouvoir atteindre le bien. Il met en place pour cela une sélection stricte d'hommes et des femmes à travers plusieurs niveaux d'éducation. Ce faisant, il tombe dans les travers qui sont souvent reprochés aux utopies, à savoir un fort contrôle liberticide des multiples aspects de la vie des habitants. L'art notamment est largement censuré, toute imitation du réel et toute innovation étant proscrites.

Cette nouvelle constitution basée sur l'aristocratie s'oppose ainsi aux quatre grands régimes politiques décriés par Socrate, et qui sont amenés à dégénérer : la timocratie, l'oligarchie, la démocratie et la tyrannie. Platon critique particulièrement la démocratie dans laquelle le peuple gouverne selon des principes de liberté et d'égalité, mais les hommes, usant de leur liberté à outrance, se contentent de faire ce qui satisfait leur bon plaisir. Cette constitution les éloigne de ce qui est juste, semant ainsi l'anarchie. Le tyran peut alors apparaitre, permettant au régime tyrannique de s'installer. Platon s'inspire de la vie politique de sa cité, Athènes. En proie à la guerre de manière quasi permanente au Ve siècle av. J.-C., la démocratie et la tyrannie y alternent et témoignent de la dégénérescence politique grecque.

LA JUSTICE :
L'HOMME JUSTE DANS UNE CITÉ JUSTE

Le projet de *La République* est de définir la justice : la justice de la cité et la justice de l'âme. Le mot « justice » doit être entendu au sens de l'équité et de l'égalité de droits dans la société, mais aussi dans les choix que chacun opère. Il n'est pas question de problèmes judiciaires ou de justice sociale.

Afin de définir ce qu'est l'homme juste, Platon/Socrate entend définir la cité juste. Cette analogie est clairement annoncée dans le discours (p. 137). Trois vertus apparaissent dans la cité juste et correspondent aux trois vertus de l'âme qui habitent l'homme juste et qui lui apportent la vie bonne. Cette tripartition de la cité s'ajuste sur celle de l'âme : on parle alors de psychopolitique. Le but de Platon ici serait davantage de présenter une psychologie morale que de se préoccuper de questions politiques, son mentor ayant été lui-même davantage intéressé par la morale que par tout autre thème.

Ces trois vertus de la cité idéale sont la sagesse, le courage et la modération :

- La sagesse s'appuie sur la raison de ceux qui commandent à la cité et s'exprime dans leurs délibérations ;

- Le courage appartient au corps des guerriers : il se trouve dans la défense de la cité et dans les combats militaires, mais aussi dans la préservation du jugement droit et des lois instaurées par la constitution ;

- La modération est une forme d'ordre harmonieux, car elle se veut la maitrise du désir. Elle est présente en chacun des citoyens de cette cité, qu'ils fassent partie du peuple ou des gouvernants.

L'âme, quant à elle, se divise en deux parties auxquelles s'ajoute un principe intermédiaire :

- Le principe rationnel qui permet à l'âme de raisonner ;

- Le principe désirant qui correspond aux appétits du corps ;

- L'ardeur morale dont la fonction est d'être l'auxiliaire du principe rationnel.

C'est ainsi que, par le courage, la sagesse et la modération, la justice peut se manifester dans la cité. Elle est le moyen par lequel ces vertus peuvent apparaitre, se réaliser et se maintenir. Elle n'est alors qu'harmonie politique. Aussi, la vie « politique », c'est-à-dire la vie dans la cité juste, donne-t-elle à l'homme la possibilité de s'harmoniser.

L'homme juste sera celui au sein duquel le principe rationnel commande, l'ardeur morale se soumettant à celui-ci afin de tempérer le principe désirant : l'âme se trouve alors harmonisée en elle-même, unifiée par un principe de justice interne. Il faut pour cela que le juste reçoive une éducation adéquate et qu'il ne soit pas corrompu par le désir.

La cité doit être un cadre moral sinon, soumise à la médiocrité et aux plaisirs, elle serait en proie au désordre, à la disharmonie et aux excès. L'homme, quant à lui, s'abandonnerait à l'ignorance, aux vices et à l'opinion. Tous ces maux conduisent la cité et l'homme vers l'injustice : la première, vers de mauvaises constitutions, le second, vers une mauvaise santé de l'âme et donc du corps.

L'âme est pourtant immortelle : selon Platon, la mort du corps prouvera la vérité de sa tripartition. Il est donc nécessaire que l'homme s'astreigne à cette éducation philosophique, à cette « purification » rendue possible par la dialectique, et n'envisage son cheminement que sous l'égide de la raison. Après la mort, l'âme sera punie ou récompensée en fonction du naturel injuste ou juste de l'homme de son vivant. Aussi, l'interprétation de la justice de l'âme, chez Platon, ne serait pas tant d'ordre psychologique et moral, que d'ordre spirituel.

L'INTELLIGIBLE ET LE VISIBLE : LA NOTION DE BIEN ET L'ALLÉGORIE DE LA CAVERNE

L'harmonie des fonctions de l'âme n'est réalisée que par la domination de la raison. Dans la cité, la raison est représentée par le gouvernement des philosophes-rois. Dotés d'un naturel leur conférant les dispositions pour recevoir une éducation de qualité, ils sont ceux qui peuvent « savoir », c'est-à-dire aller au-delà des apparences pour saisir l'essence absolue des choses, le bien.

Selon Platon, le bien est un idéal de savoir qu'il faut atteindre grâce à la dialectique. Le savoir est alors une vérité intemporelle et universelle qui ne dépend ni des circonstances ni des hommes. Dans *La République*, Socrate illustre son propos en évoquant la beauté : si la beauté des choses existe, c'est parce que la beauté en soi existe également. Les belles choses appartiennent à un monde sensible tandis que la beauté en soi appartient au monde des formes intelligibles. Le monde sensible est alors associé au changement, à la diversité. L'être en soi, le savoir véritable, relève d'un monde immuable, fait des essences des choses : les idées.

Pour que ses interlocuteurs comprennent son propos, Platon/Socrate raconte l'Allégorie de la caverne. Le fond de la caverne, sombre et souterrain, représente le monde sensible où l'esprit humain est trompé. L'homme est ligoté dans le monde matériel et superficiel : il pense que ce qu'il voit est la réalité alors qu'il ne peut saisir que des reflets de ce qui est réellement.

Se défaire de ses liens, se retourner et aller vers la lumière du feu est un moment douloureux pour l'âme. Éblouie, contrainte par celui qui l'entraine hors de sa prison, l'âme ne peut admettre que ce qu'elle a toujours pris pour la réalité n'est que fausses certitudes. Disposée à être éduquée, elle commence à distinguer ce qui est vrai de ce qui est faux. Elle continue son ascension vers le bien, vers le soleil à l'extérieur de la caverne. Elle quitte le monde de l'opinion qui est fait de formes sensibles : ce sont d'abord les images, puis toutes les choses matérielles. Elle continue sa remontée dans le monde de la science et traverse la pensée discursive qui comprend les raisonnements mathématiques et les hypothèses. Enfin, elle parvient au sommet de sa quête rationnelle : elle touche aux formes intelligibles dominées par le principe absolu. L'âme est alors apte à embrasser ce principe anhypothétique, qui appartient au domaine de l'intellection.

Incarnant l'homme juste par excellence, le gardien est le seul, dans la cité juste, capable de se départir des opinions, du faux, du superficiel. Parvenu au terme d'une éducation dense et complète, soigneusement sélectionné depuis l'enfance jusqu'à l'âge adulte, et devenu philosophe-roi, il est celui qui peut délivrer les âmes, les aider à se retourner vers la lumière et qui peut les guider vers le principe premier des choses grâce à la dialectique. Il est celui qui peut atteindre la connaissance suprême parce qu'il s'est astreint à une discipline qui lui rend accessible le bien.

Le but de la cité de Platon est le bien de tous. Grâce au travail du philosophe et à sa recherche constante de la vérité, du vrai et du beau, l'harmonie se répand dans la cité et dans le cœur des hommes. Ceux-ci vivent dans la paix et dans la sérénité : le bonheur suprême est à portée de main.

PISTES DE RÉFLEXION

QUELQUES QUESTIONS
POUR APPROFONDIR SA RÉFLEXION...

- Le contrat social que pose Platon trouve sa raison dans l'économie (production et distribution des biens) : qu'en est-il chez Rousseau (*Le Contrat social*) ou chez Hobbes (*Le Léviathan*) ?

- L'encadrement de l'individu par l'éducation, le contrôle des unions et de la procréation, la dévotion absolue à la cité, la censure contre les arts semblent faire de cette constitution politique idéale une sorte de totalitarisme, mais le bonheur par la justice est-il vraiment accessible, comme l'affirme Socrate ?

- Reprenez les critères de la constitution démocratique (ses principes et ses vices) émis dans *La République* et comparez-les avec ceux de nos démocraties modernes. Qu'en concluez-vous ?

- Comparez les cités imaginées dans *La République, Timée* et *Critias* : quels sont les critères communs de l'utopie chez Platon ?

- Platon décrie le sophisme, mais les sophistes n'en ont pas moins marqué la pensée grecque : quel a été leur apport à la philosophie ?

- Analysez les différences culturelles : le lecteur d'aujourd'hui peut difficilement apprécier la cité idéale de Platon alors que l'esclavage et la pédophilie, par exemple, font partie de la société qu'il défend, mais cette cité était-elle vraiment idéale pour les Grecs de l'Antiquité ?

- Pensez-vous, comme Platon, que l'imitation en art est une perversion de l'esprit ? Homère et Hésiode devraient-ils vraiment être censurés parce qu'ils dépeignent des dieux et des déesses avec des vices comme les humains ?

- Comment le genre de l'utopie a-t-il évolué dans la littérature depuis l'Antiquité ? Ces critères platoniciens ont-ils été repris par Thomas More (*L'Utopie*), Rabelais (l'abbaye de Thélème dans *Gargantua*), Voltaire (l'Eldorado dans *Candide*), par les socialistes utopistes comme le comte de Saint-Simon (*Le Nouveau Christianisme*) ou par Jules Verne (*L'Île mystérieuse*) ?

- Pensez-vous que la dystopie a remplacé l'utopie dans la littérature et dans l'art en général, aux XXe et XXIe siècles ? Illustrez votre réflexion avec des exemples (romans, films...).

POUR ALLER PLUS LOIN

ÉDITION DE RÉFÉRENCE

- PLATON, *La République*, traduction et présentation de Georges Leroux, Paris, Garnier Flammarion, 2016.

ÉTUDES DE RÉFÉRENCE

- ANNAS J., *Une introduction à La République de Platon*, Paris, PUF, 1994.

- DIXSAUT M., *Études sur La République de Platon*, Vol. 1 De la justice, Éducation, psychologie et politique ; Vol. 2 De la science, du bien, des mythes, Paris, Vrin, collection « Traditions de la pensée classique », 2005.

SOURCES COMPLÉMENTAIRES

- PLATON, *Le Politique*, traduction de Luc Brisson et Jean-François Pradeau, Paris, Garnier Flammarion, 2011.

- PLATON, *Les Lois*, traduction de Luc Brisson et Jean-François Pradeau, Paris, Garnier Flammarion, 2006.

- PLATON, *Timée*, *Critias*, traduction de Luc Brisson et Jean-François Pradeau, Paris, Garnier Flammarion, 2017.

Votre avis nous intéresse !
Laissez un commentaire sur le site de votre librairie en ligne
et partagez vos coups de cœur sur les réseaux sociaux !

LePetitLittéraire.fr

- un résumé complet de l'intrigue ;
- une étude des personnages principaux ;
- une analyse des thématiques principales ;
- une dizaine de pistes de réflexion.

**Retrouvez
notre offre complète sur
lePetitLittéraire.fr**

L'éditeur veille à la fiabilité des informations publiées,
 lesquelles ne pourraient toutefois engager sa responsabilité.

www.lepetitlitteraire.fr

ISBN version numérique : 9782808024150
ISBN version papier : 9782808024167
Dépôt légal : D/2021/12603/47

Conception numérique : Primento,
le partenaire numérique des éditeurs.

9 782808 024167